你準備和我們兩兄弟去冒險嗎？

Contents
目錄

雷柏文

雷柏武

第一章　來自星星的你

雙子座流星雨 今夜就到來了！

「哥哥，今晚是否帶我去看雙子座流星雨？」弟弟柏武興奮地說。

旁邊的哥哥柏文搭著弟弟的肩膊說：「是呀！你可以跟流星許個願，那麼多流星，你應該會如願以償的，哈哈哈！」

他們二人雀躍地走上後山的空地，希望可以一瞥流星雨的風采。哥哥叫柏文，精通科學和數學，同時也是天文學的愛好者，人如其名，文也。弟弟叫柏武，比哥哥小兩年，精通工程及科技，喜歡拿著螺絲批，像是一個工程師一樣，武也。

他們很快就走到山上的空地，一片浩瀚天際的景色就在眼前。

「嘩！很多星星在天上啊！就像一隻又一隻螢火蟲在閃呀閃呀，而且星與星之間距離都好近！」柏武望著漆黑的天空興奮地説。

柏文志氣高揚地説：「哈！哈！哈！哈！星與星之間距離都好近？」

柏文再道：「星星與星星之間在肉眼看是很近，但其實他們之間，有十萬光年的距離，就好像我跟你一樣，我們好像距離很近，但我跟你的知識水平卻是相距十萬光年！哈！哈！」

柏武露出一個生氣的表情，心想：「你也只是加入天文學會才懂的吧！」

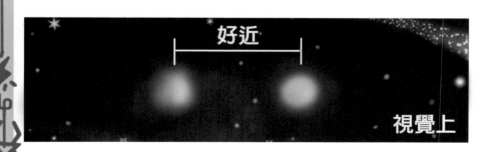

好近

視覺上

十萬光年

實際上

就在這個時候，**漫天**的星星好像在移動一樣，一劃一劃在漆黑的天空上擦過，那不是星星在移動，那是**雙子座流星雨**！

「嘩！那就是流星雨嗎？好美麗啊！」柏武興奮地説。

此時，柏文也從背包拿出了相機，來捕捉大自然的**鬼斧神工**。

「我要把握機會，來許個願！我希望走失了的小狗小柴可以早日被尋回。」柏武雙手合十向天上許願。

小柴

柏文一直在拍照，邊走邊拍，突然間他發現有一顆星星越來越大，而且越來越近，它近得就像要掉到地上來！

　　「轟隆！」一聲巨響傳入了大家的耳邊。那轟隆的聲音原來是源於一顆星星掉在地上！那真是一顆星星在地上著陸了！

　　柏文柏武也不敢相信眼前的情境，一起流露出驚詫萬分，難以置信的表情！

　　「怎可能？怎可能會發生這樣的事情？那是一件超越科學的事件！」柏文說。

　　「哥哥，不如我們快上前看看吧！說不定那只是孔明燈下墜罷了！」柏武說。

　　他們兩人走上星星墜落的位置，卻有一頭小狗阻礙了視線，小狗口中咬著一件東西，然後匆忙地逃走了。這時候，一個金光閃爍的畫面就出現在大家眼前！

這個金光閃爍的東西究竟是什麼來的呀？原來那是一顆五角形星星平放在地上！星星突然發出了「吱吱」的聲音。然後一道門在那星星中間打開了！！！

門打開後，有一個身形細小，身穿上太空衣的外星人在裡面！

「**怎可能！怎可能有這樣的事情！**」柏文驚訝地說。

「太好了，是外星人啊，哥哥！」柏武興奮地說。

「不行不行，我要冷靜一點！」柏文對自己說。

「偉大物理學家**霍金**說過：『宇宙中有 1000 億個銀河，每個銀河有億萬顆恆星，宇宙那麼大，以如此**廣泛**的範圍來說，地球不可能是唯一有生命的行星。』」柏文引用學者理論來說服自己。

「**霍金**說過：『大多數外星生命可能是相當於微生物或簡單動物的生物，所以細小的外星人會出現是不出奇的！』」柏文在自言自語。

史蒂芬・威廉・霍金

這時候，柏武輕輕拿起小外星人在手掌上⋯⋯他已經**奄奄一息**！

「水⋯⋯請給我⋯⋯」

「他好像昏迷了！如何幫他飲水？」柏武慌忙起來。

「不用怕！用 STEM 小知識來幫他喝水！」柏文說。

水⋯請給我水⋯

柏文一邊示範一邊在說：

1) 首先將飲管插入有水的水樽內；

2) 然後按實飲管尾部再拿走飲管；

3) 將飲管放在咀邊，放鬆飲管尾部，水就可以流入嘴裏！

用 STEM 小知識拯救小生命

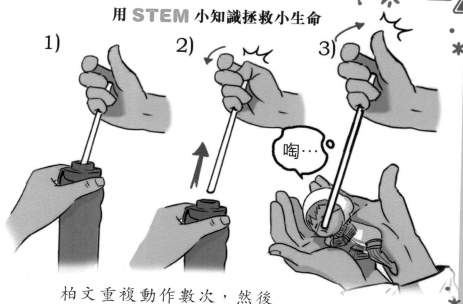

1)

2)

3)

嗗…

　　柏文重複動作數次，然後說：「應該沒有大礙，我們先將他放入小燈內，然後帶他回家吧。」

　　他們兩兄弟**鬼鬼祟祟**地走回自己的家，柏文拿著小燈，而柏武就抱著星星。

　　「我們要將他運入大屋，不可以被媽媽發現。」柏文輕聲跟柏武說。

第二天早上小外星人坐起來擦擦眼睛，他看看四周後，發現自己在人類的家中，然後再摸摸自己說：

我好像**得救**了！

小外星人看看身邊的環境，他發現了一個有趣的東西說：「什麼？這是**飲水器**？是為我而設的嗎？」

「莫非是昨晚那個地球人為我做的？」

STEM 自動飲水機製作

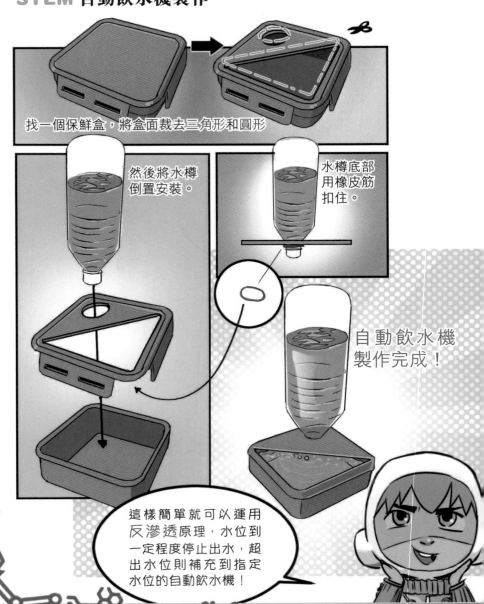

找一個保鮮盒，將盒面裁去三角形和圓形

然後將水樽倒置安裝。

水樽底部用橡皮筋扣住。

自動飲水機製作完成！

這樣簡單就可以運用反滲透原理，水位到一定程度停止出水，超出水位則補充到指定水位的自動飲水機！

　　小外星人喝了水，同時發現有一些麵包碎在旁，他也拿了來吃。

　　「看來那些地球人對我是沒有**惡意**的！」小外星人心想。

　　當他吃完了之後，突然**靈光一閃**，「我的**宇宙船**去了哪？」

　　「莫非是被那些地球人偷了？不行！我要拿回才行！」

我誓要找回我的宇宙船！

第二章　宇宙船爭奪戰

我是幸運星人，我叫阿瞬，媽媽說天地誕生只不過是**一瞬間**的事，所以我取名為「阿瞬」。

我們本來是住在「幸運星」的。但「幸運星」每過一段時間，都會出現**冰河時期**，我們為了逃避冰河，所以定期要坐宇宙船去另一個星球暫避。

今次，我的星星宇宙船不幸地壞了，掉落在地球上，而且我也進入了人類的家園。

「究竟我的宇宙船去了哪裡？讓我用偵察手錶看看它現在的位置！」

阿瞬拿起了手錶來看。

這時候手錶顯示了一個位置。

「原來我的船在此屋的下層中，我要快點拿回我的船，再會合我的族人才行！」就在此時，阿瞬背後⋯⋯

究竟我的宇宙船去了哪裡？

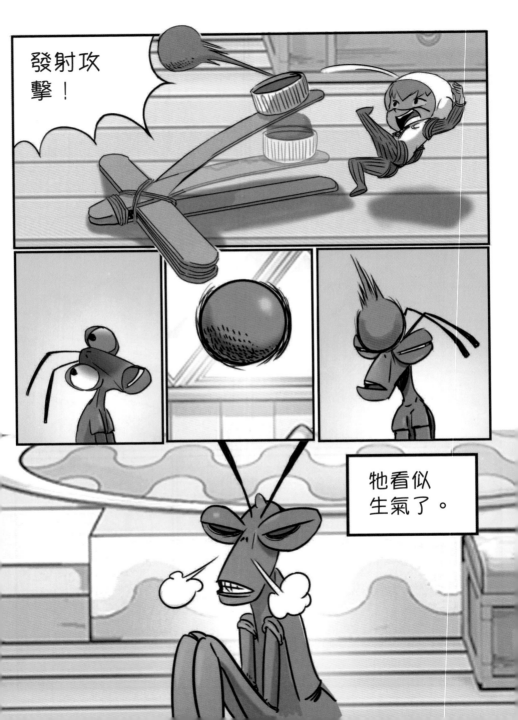

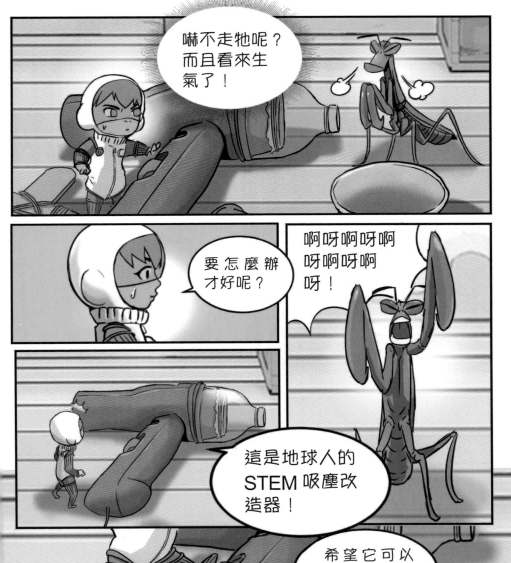

這時候，阿瞬開動了 **STEM 吸塵器**。這個吸塵器是由吹風機改裝而成！

「呼呼呼呼呼呼 ~~」吸塵器發出了聲音，螳螂整個身體就像**不受控制**一樣，被**吸吮**在透明膠樽的邊上！

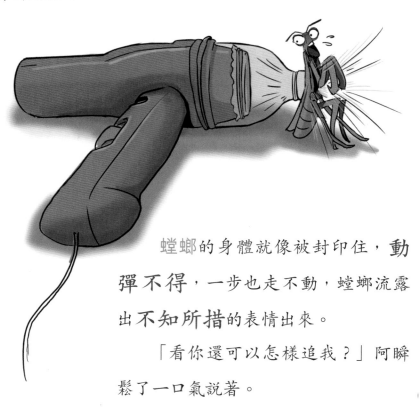

螳螂的身體就像被封印住，**動彈不得**，一步也走不動，螳螂流露出不知所措的表情出來。

「看你還可以怎樣追我？」阿瞬鬆了一口氣說著。

STEM 吸塵器製作

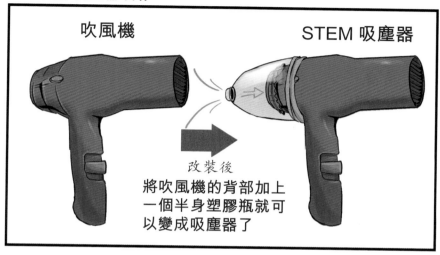

吹風機

STEM 吸塵器

改裝後
將吹風機的背部加上
一個半身塑膠瓶就可
以變成吸塵器了

「我現在要儘快找回我的太空船才行！」阿瞬這時候心想。「但是我要怎樣才可以用最快的方法走到大屋下層呢？」

這時候，阿瞬**四處張望**，他發現此處四周也是 STEM 的工具，突然**靈機一動**。

「不如我也做一個 STEM 工具令我可以快速去到大屋下層吧！」。然後，阿瞬一個跳步，走到去放工具物料的位置。

阿瞬找到了紙杯、膠袋和繩。

「好吧，我也要學那些地球人，做出 STEM 工具！我要做一個我**專屬**的**逃生降落傘**！」

阿瞬將紙杯，膠袋和繩串連在一起，很快就做出了一個 STEM 降落傘了。

阿瞬看看四周，再走出**窗台**說：「就在這裡跳出去吧！現在沒有風，應該可以順利降落到下層的！」

阿瞬拿起了工具並掛在窗台的欄杆上，然後坐入紙杯內說：「*1！2！3！* 我要飛出去了！」

阿瞬就這樣坐著 STEM 降落傘，從屋的
窗台飛出去，降落在外面的草地上了！

同一時間，柏文剛剛醒來，聽到屋內傳出「呼呼呼呼呼～～～」的聲音柏文跟著聲音來到房間。

「聲音就在上層的客人房，即是外星人暫宿的房間！」柏文、柏武兩兄弟因為怕媽媽會發現外星人，所以將他安置在客房內。柏文打開房門發現吹風機吸住了一隻螳螂。

柏文立即關掉了吹風機，將螳螂放走。

螳螂解鬆後，立即狂奔，到露台上一躍，展開自己背部的翅膀，順風跳向屋下。

「牠也走得挺快啊！」。

這時候，阿瞬成功降落在地上，他再打開了**手錶偵察機**來看，說道：「太空船就在裡面了！」

然後阿瞬就立即想跳上那**半開半關**的窗上，企圖偷偷回到大屋內。

此時，阿瞬發現背後**涼風陣陣**，回頭一望，發現一個身影在後！螳螂又追回來了！牠拍翼停留在空中望著阿瞬！

阿瞬**慌張起來**，立即從窗外跳入屋內，然後把窗立即關上！

他再察看手錶偵察機：「今次我要開啟近距離追蹤系統！」阿瞬按上了一個按鈕。

這時前方就發出「嘟嘟嘟嘟嘟嘟～」的聲音，阿瞬就朝著聲音的方向去找他自己的太空船了！

　　阿瞬入到房間四周查看，終於在桌底下，發現了閃閃發光的星星太空船！阿瞬興奮地說：「**終於找到你了！**」然後，他按上手錶，關上那嘟嘟的聲音。原來太空船收藏在下層，雷家爸爸的書房內。

　　昨天晚上，柏文柏武兩兄弟走入大屋時覺得拿著星星太空船**太光太耀眼**了，所以先將太空船放在爸爸書房內。另外，因為他們為了方便照顧小外星人。

　　阿瞬立即坐入太空船內，希望可以啟動太空船，可惜動也不動，心想：「船開動不了，那唯有開動**通訊器求救**吧！」阿瞬立即找通訊器。

　　「什麼？通訊器也不見了？哎呀！是被昨晚那隻小狗**叼走**了！」

　　此時阿瞬背後出現了一個黑影！那隻螳螂又回來了！阿瞬十分**驚恐**，因為他們距離很近！螳螂的手刀**手起刀落**。看來要傷害阿瞬了……突然間，一個**放射式索條**出現在螳螂背後，線條慢慢收窄，收窄至將螳螂也扣實了！

　　「終於捉到你了！」

捕捉昆蟲器原理

它是利用尾部牙刷形的條狀物收縮來捕獲昆蟲；過程不沾手，同時十分環保。

原來是柏文利用**昆蟲捕捉器**來捕捉螳螂！

看見螳螂被捉了，阿瞬立刻**鬆了一口氣**！

這時候，阿瞬跟柏文**四目交投**，阿瞬定下神來，然後就立即逃走！

柏文：「不用擔心！我們是**不會傷害你**的！」

　　阿瞬四周逃跑，他發現了一支**鉛筆**在地上，他立即跑上前，雙手抱住鉛筆。

　　「你不要再走近，不然我就會**攻擊**你的了。」

　　柏文這時候不知道怎做，眼光四周張望，恰巧看到了桌面的朱古力，將朱古力遞給阿瞬以示**友好**。

第三章　讀心戰記

我是來自「幸運星」的，幸運星人有一個特殊能力，就是可以讀取他人的內心。

我們心地善良，不會攻擊他人，唯有此讀心能力可以保護自己！同時因為我們懂得此能力加上心地善良，如果在遠方聽到別人的心願，我們是會暗暗幫他們實現的，就好像對流星許願一樣！但我只是一名低級的幸運星人，我未擁有遠距離的讀心能力，一定要那生物接觸了我的頭部，我才可以發揮讀心能力。

「今次我要用這個能力，看看這個地球人是否值得信賴！」阿瞬心想。

這時候，柏文再伸出他的手以示友好。阿瞬表情有點猶豫，然後低頭想了一下，再向前走一步，然後用自己的頭接觸柏文的手指。

當指尖接觸到阿瞬的頭部時，阿瞬立即就閃出不少柏文的畫面。有他的小時候片段、也有他在學校努力上課的畫面，就像幻燈片一樣在阿瞬腦海之中，一張一張呈現出來！

「看來他是一個心地善良和樂於助人的人類，而且精通天文、地理、數學，是一名好學生！他是個可以值得信賴的人。」

阿瞬心內在默默盤算著。

阿瞬一直在窺探柏文的內心世界和以往歷史，他看到他們有養一隻小狗和弟弟的玩樂時光。

　　阿瞬看到他們跟小狗小柴跟另一隻小狗在玩。而那隻小狗「就是偷了我通訊器的八哥小狗啊！」阿瞬內心驚訝。

　　阿瞬心想：「怎可以找到那隻八哥呢？我要拿回我的通訊器，才可以找回我的伙伴。」

　　「我要想方法從柏文身上找出這小狗下落！」

昨晚八哥拿走通訊器畫面

「**呀！呀！**」阿瞬突然大叫一聲！指著房間的一張相片，原來相片中有那八哥的身影！

「這隻小狗在哪裡？這隻小狗在哪裡？」阿瞬**慌張**地說。

「這隻小狗在哪？我也不知道啊。」柏文說。這時候，弟弟柏武從房門走進來。

「哥哥你跟外星人在**溝通**嗎？我也想跟他說話啊！」柏武說。

柏文輕聲說：「不要太大聲啊，不可以被媽媽知道啊！」柏文的手指放在自己咀前示意要**輕聲**。

阿瞬點了一下頭，好像在示意明白。他自己也要輕聲：「這隻小狗八哥可以在哪裡找到啊？它偷了我的**通訊器**！」

「我知道那隻八哥在哪裡啊！」柏武輕聲說。「在哪裡？」阿瞬**緊張**地追問。

「牠常常在街尾那間**從不開門**的**雜物店**門前出現的。」柏武輕聲說。

「牠常常在附近**流連**，不知道牠有沒有主人啊。」柏武再說。

「你們可以幫我找牠出來嗎？」阿瞬說。

「當然可以！可以幫外星人，**太刺激**了！」柏武興奮地說。

街尾雜物店

「那我們出發去吧！」柏武說。

「外星人，你就藏在我背包內，不要被其他人**發現**啊！」柏文說。

阿瞬走上柏文的手上，然後柏文將他放入背包內，說：「謝謝你地球人，我叫阿瞬。」

柏文說：「那就請多多指教了，阿瞬。我名字叫柏文。」柏武說：「我叫柏武！外星的朋友！」

他們三人**浩浩蕩蕩**就走到那間永不開門的雜物店了。

❋　❋　❋　❋　❋　❋

柏文說：「一如以往，此店也是沒有開門。」

柏武說：「也見不到那隻八哥的**蹤影**！我們是否在這裡等一會？」

柏文說：「也沒有辦法，只能夠等。」

這時候，一隻蝴蝶在大家身邊飛過。

大家也被蝴蝶**吸引**著，同時發現有一隻小狗跟著了那蝴蝶。沒錯了！就是那頭八哥！「是牠了！就是牠了！就是這頭八哥！」阿瞬大聲在叫著！

然後三人也一起跟著八哥跑。他們跑呀跑呀，八哥一直跑，他們就在後面一直追！最後他們跟著蝴蝶一起，跑進一個森林公園內。

大家走入了森林公園，四周都是樹木，**環境怡人**，小狗八哥就在草叢中玩耍。

　　「終於找到你了！」柏武興奮地說。

　　這時候，阿瞬也從背包走出來，他也說：「是你了！就是你了！」

　　小狗八哥退後了幾步，然後吠了幾聲：「汪！汪！汪！汪！」

　　這時候，柏文心想：「即使找到牠也不知道通訊器的下落，因為牠只會汪汪叫！」

　　阿瞬定了一下神說：「讓我來試一下！」然後阿瞬在口袋裏拿出了一點**麵包碎**，引小狗八哥靠近，小狗八哥跟阿瞬四目交投，定了定神，然後慢慢地靠近了阿瞬。

　　小狗八哥慢慢地享受牠的食物，這時候，阿瞬用手摸一摸牠的頭。

　　阿瞬趁小狗八哥在進食時，就爬上牠的背上，然後用自己的頭輕輕貼著小狗。

　　這時候，阿瞬腦內出現小狗八哥的生活片段，原來牠是一隻**被遺棄**的寵物，牠只可以在雜物店門前，等雜物店東主每天的餵食。每天吃飽了，就會去森林公園玩樂。

　　阿瞬不停在搜尋小狗的記憶，終於找到了牠偷走通訊器一刻的情景了。原來通訊器的形狀太似一塊骨頭，所以牠原本是打算帶著那**假骨頭**，回森林公園慢慢享用的。

　　誰不知，天空突然有一隻大鳥飛過，搶了牠口中的假骨頭，再飛回去自己的鳥巢。

　　換言之，通訊器現在應該在森林公園中的那棵大樹上的鳥巢內。

　　阿瞬將事情告訴了柏文和柏武，說通訊器現在應就在鳥巢內，希望他們可以幫忙取回。

　　柏文和柏武望著那棵大樹，看到那鳥巢，二人心想：「很高啊！我們可以爬上去嗎？看來不行啊！」

「不一定要我們爬上大樹的,可以讓阿瞬飛上去,再用**降落傘**下來也可以。」柏文説。

「嗯……也應該可以的。讓我這個**工程小天才**來製造一個飛天機器給阿瞬用!」柏文説。

柏武立即從背包拿出工具出來,就只是拿了一個 氣球、飲管、剪刀、紙張 和膠紙。

「只要這幾樣的工具,我就可以製造一個**飛行器**了!」柏武笑著説並火速地將素材組合起來!

他將氣球末端剪掉,再將飲管插上,之後再用膠紙包著,最後用紙張做一個小翼就完成了!

「這樣空氣就會跟住飲管直線慣性流出，氣球就不會左搖右擺飛去不同的方向！」柏武認真說。

「這個真的可行嗎？」阿瞬滿腹疑問地說。

「不用怕！我還準備了一個降落傘背包給你。有什麼事打開背包，而且我們在樹下看著你的！另外我會用一個大氣球，不用怕！」柏武說。

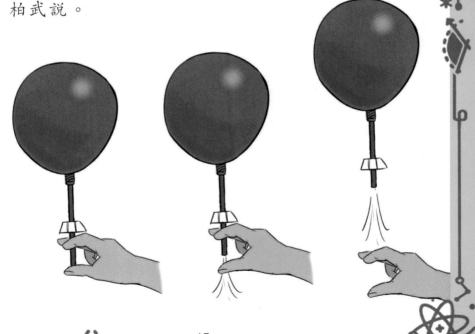

阿瞬為了取回自己的通訊器，坐著由柏武弄出來的飛行氣球，**一飛沖天**！

阿瞬飛到了樹上，放開了飛行氣球，翻了一個筋斗，就著陸在鳥巢旁邊。

「這是我的通訊器！」阿瞬興奮地說。

原來那個外形像電話聽筒的，白溜溜的東西，就是外星通訊器了！阿瞬終於取回了。

阿瞬打開了自己的小背包，然後**一躍而下**，漂亮的降落傘隨即打開了！

「這個降落傘原本是我的傘兵玩具系列內，小傘兵的傘！」柏武說。

阿瞬**成功著陸**在地上，終於拿回自己的通訊器了。

第四章　不會開門的雜貨店

柏文柏武帶上了阿瞬路著小狗八哥！他們很快也到了那間雜貨店門前！小狗八哥在地上一直在咬那個通訊器呢。

柏文柏武同時伸出友善的手向小狗**八哥**示好，希望可以拿回那個通訊器。

就在此時，這間從不開門的雜貨店，竟然自行打開了門！一個高大的身影現身了！

眼前是一個雙手插袋的伯伯，頭上沒有什麼頭髮，只是一個**天線形狀**的髮形，沉而有力地說：

「你們在這裡幹什麼？」

他的名字叫盧斯，原來他就是雜貨店的老闆。他的**態度**好像對柏文柏武兩兄弟**不友善**。

「快點離開！不要在我的店門前！」

「又是你這隻八哥嗎？你晚點才來吧。現在沒有食物啊！」盧斯說。

「**不好意思**，因為這隻八哥偷了我們的玩具電話，我們才會追到來這裡。現在我們拿回我們的東西了，我們會離開的。」柏文柏武順利地拿回通訊器，帶著阿瞬準備回去家中。這時候，柏武**流露**出一個**疑惑**的表情，跟哥哥說：「哥哥，你有沒有發現到呢？」

你們在這裡幹什麼？

柏文説：「有啊，我也有發現到啊！」然後二人異口同聲説。

「他用的皮帶扣……是小柴的狗帶扣啊！」

原來柏文柏武的失蹤小狗小柴，一直戴了一個有 **STEM** 字的狗帶在頸的。現在這個 **STEM** 字扣，就在那個雜貨店老闆的皮帶上了！柏文柏武假裝走回家，而眼光卻一直在雜貨店，直至看到老闆走回店內，腳步才停下來！

　　柏文柏武兩兄弟見老闆回了去，他們立即走回雜貨店。他們**四目交投**，心裡在想：「莫非小柴在雜貨店內？」

　　雜貨店無論是門或窗也被東西**遮蔽**，根本看不到內部的環境。當中只有一個比較高的窗位是沒有被**遮蔽**，但憑他們的身高，卻不能夠看到內部。

　　「如果看不到，那我們**唯有運用 STEM 的知識**，來做一件道具！」柏文說。

　　剛好雜貨店門前，有紙皮和玻璃，柏武說：「我可以用這些來做一個**潛望鏡**，窺探店內的情況！」

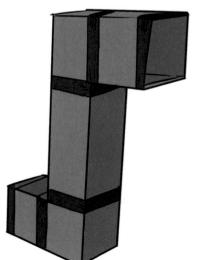

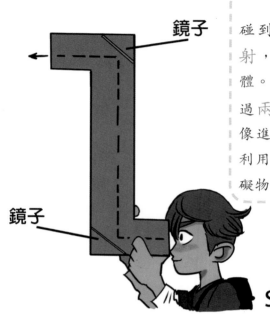

鏡子

鏡子

STEM潛望鏡原理

光是直線前進的，碰到鏡子便會產生反射，使得我們能看到物體。而潛望鏡是讓光經過兩次反射後，使影像進入眼中，我們可以利用潛望鏡來觀看被障礙物所擋住的物體。

　　柏文拿起了剪刀將紙皮剪開，再用膠紙將他們組合在一起，同時又將兩塊鏡子裝入裏面，**輕輕鬆鬆**完成了一個 STEM 潛望鏡了！

　　然後他們拿起了那潛望鏡試圖**偷看**雜貨店內的情況，柏文柏武兩兄弟不斷重覆看往雜貨店的內部看，可能是因為位置太高，根本看不清楚內部的

情形，只是看到內部的吊燈！就在此時，一把聲音傳過來。

「其實，我自己潛入去看，那不就可以了嗎？」

柏文柏武兩兄弟向後一望，原來是阿瞬在說話。

「是啊！因為你身體那麼細小，其實是可輕鬆潛入去啊！」柏文柏武同聲說。

「既然你們幫了我忙，找回了通訊器，這次我也應該要幫回你們了！」阿瞬說。

「但是你一人潛入去十分危險的！」柏文緊張地說。

「不用怕！我的手帶可以有本地通訊功能！可以聯繫到你們地球的手提電話的！」阿瞬得意洋洋地說。

「我潛入去後，有什麼情況我再聯絡你們手機吧，你們是有手機的，對吧？」阿瞬說。

「哥哥是有的⋯⋯如果你遇到**什麼**危險，你聯絡我們！我們立即衝入來救你！」柏武擔心地說。

阿瞬沿著水管，爬上去那個半開的窗，一個跳躍，再一個轉身，很快就成功潛入去雜物店內了。

雜物店內跟一般商店是沒有分別的，都是滿佈了林林總總的貨品。「這裡滿佈貨品，根本跟一般商店沒有任何分別。那為什麼都一直不開門做生意呢？」阿瞬好奇地心想。

就在這個時候，雜貨店東主盧斯一邊拿著手提電話說話，一邊走出來。

　　盧斯打開了房間的門，阿瞬望向房間內，他看到內有幾頭狗，而其中一隻就是柏文柏武的小狗小柴啊！

　　「是時候準備牠們的下一餐，食完又可以再睡了，然後就可以出貨了！」盧斯說完後，就立即關上了房門，然後就去準備食物。

　　「什麼？原來這個是壞人，他是**販賣狗隻**的壞人！我要快點通知柏文柏武兩兄弟才行！」阿瞬心想。

　　阿瞬在自己的手帶按了一下，發出了「嘟」一聲！

那邊廂，柏文柏武兩兄弟正躲在雜貨店的外面，**小心翼翼**地躲藏在雜物之中。

突然柏文的手提電話響起來，原來是阿瞬打電話來。柏文立即拿起來聽。「阿瞬嗎？你有沒有事？安全嗎？」

阿瞬：「我沒有事，仍很安全！但是我卻有**驚人發現**！」

柏文：「什麼發現？」

阿瞬吸了一口氣，然後再說：「那個老闆根本是**販賣狗隻的販子**！」

柏文緊張地「什麼？那你見到小柴嗎？」

阿瞬再說：「我看到了一個**額頭有兩點**的小狗，我相信牠就是小柴了！在這裡的狗隻都被餵食了**安眠藥**，全都被鎖在一間用電子密碼鎖的房間內。」

「但我不知道密碼，進不了去。」

「柏文，他現在就要將小狗們送出去了！我們現在可以怎樣做啊？」阿瞬說。

「什麼？他們現在就要送走小狗！那現在去報警會否趕不上？到時會不會變成**無憑無據**了？」柏武擔心地說。

「那現在唯有立即將小狗們**救出來**！讓我想想方法可以怎做！」柏文說。

柏文**雙目合起**，讓自己冷靜下來，動一下腦筋。想想如何可以拯救小狗們……

過了一分鐘，柏文打開雙眼說：

「我想到方法了！」

柏文說：「方法很簡單！只要我們令電子密碼鎖失效就可以，到時阿瞬可以帶小狗們逃走出來，**電子密碼鎖**我有方法**破解**，阿瞬只要你找出……」

柏文話仍未說完，就有一個**身影**出現在他們眼前！

第五章　大逃脫

原來那個身影就是雜貨店老闆來的，然後他又說回那句話：「**你們在這裡幹什麼？**」

店主盧斯的目光上下**打量**他們幾下，發現了那個**潛望鏡**「這個是什麼東西？」

「你們兩人想**偷看**店內的情況？難道……你們是**小偷**？」

「不是！不是！我們不是**小偷**啊！」

柏文柏武立即站起來，趕緊**逃跑**離開！

畢竟他們二人仍是小孩子，對於面對這樣的質問，他們仍是會心裡害怕的。

柏文柏武**頭也不回**，就只是一直衝，衝呀，衝呀……他們跑過了森林公園，來到了後山的樹林……忽然柏武大叫一下：「哥哥！前面有個**地洞**，不要再跑了，不然我們就會掉下去的了！」

就在這個時候，柏文的**電話響**起來！原來是阿瞬打來，幸好手機仍可以有接通功能，柏文**二話不說**立即接通了電話。

「阿瞬，你可安全嗎？」柏文說。

「我仍可以啊！我剛聽見狗仔在房內吠，我相信牠們已經醒了。那個電子密碼鎖是如何破解的啊？」阿瞬說。

「其實方法很簡單，只要**截斷**密碼鎖**電源**就可以的了，因為它是一個電鎖。」

「阿瞬只要你找出**電箱總掣**，將總電源關掉就可以了。」柏文說。

「電箱總掣的樣子是怎樣的？」阿瞬說。

「它通常是掛在牆上的盒子，內裡有很多掣，只要將最大的那個掣按下，就可以的了。」柏文說。

「今次拜託你了。阿瞬，我們也會盡快趕來的。阿瞬你也要小心，因為那個店主應該正在回去的路上！」柏文説。

「我知道的了，你們也快點趕來！」阿瞬説。

電話通話完畢，阿瞬立即四周張望去尋找那個**電箱總掣**。阿瞬在店內四處走來走去，終於發現一個掛在牆上的**鐵箱**！

阿瞬心想「那應該就是電箱總掣了！但怎樣才可以爬上去那麼高的地方呢？」

阿瞬靈機一動「不如跟柏文柏武一樣，利用 STEM 工具來解決問題。」於是阿瞬四處找他所需要的東西來製作出他心目中的 STEM 工具！

電箱總掣

阿瞬找到了紙皮、衣夾、飲管、竹枝、橡皮筋、膠紙、繩子⋯等物件。

先將紙皮折疊起，再用膠紙封起。

插上竹枝。

放上衣夾。

再放上有繩的飲管火箭就完成。

阿瞬心想：「終於完成了這個簡單的**火箭**了！這個火箭是利用衣夾內的彈簧去做動力。只要向下按實衣夾，**動能**就會儲起來。這個時候，就是要對準目標！」

「那要對準什麼目標呢？」

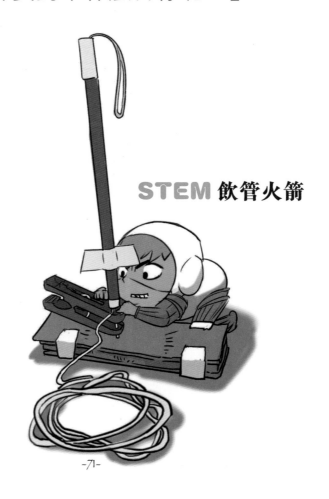

STEM 飲管火箭

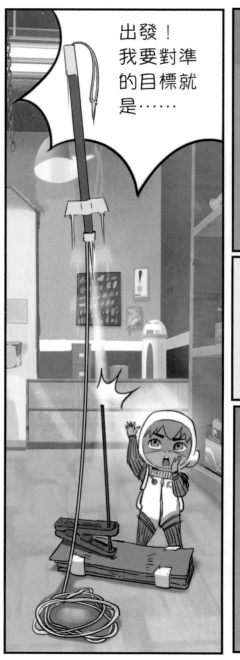

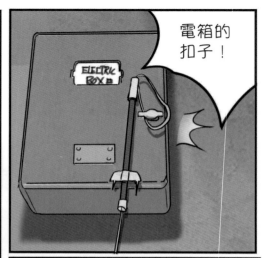

我用繩子套著扣子，再向後一拉門就打開了！

套著扣子

阿瞬用繩子打開了電箱的門，他再沿著繩子爬上去，很快阿瞬就到達了電箱位置，他捉實了門，然後雙腳一跳，跳入去電箱的內部位置，他成功到達了！

阿瞬心想：「柏文說向最大的掣按就可以了，相信右邊紅色最大的掣就應該是總掣吧。」

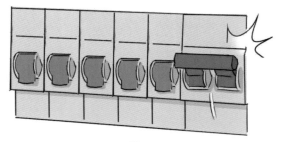

阿瞬找到了電箱總掣，將店的總電源切斷，雜貨店立即漆黑一片，突然間世界也變得寧靜了。

阿瞬這時候拿出他的**偵察手錶**，開動了燈光，這一小點光明，可以為他指引前路。阿瞬望一望四周，發現自己仍在電箱的高處，嚇得心也發毛了，心想：「幸好我仍有**降落傘背包**在此。」

「一，二，三……跳！」阿瞬打開了降落傘，慢慢在空中**飛翔**了一回，然後順利著陸到地面上。

因為四周漆黑一片，加上阿瞬的**偵察手錶**的一點光，這個情景就好像一顆**螢火蟲**在空中飛翔一樣，剛巧，這個畫面被困在房間中，隔著**磨沙玻璃門**的狗兒們看到……牠們立即興奮地叫著：「汪！汪！汪！汪！汪！」

　　這個時候，小狗們好像知道阿瞬是來**拯救**牠們一樣，牠們也一同推門出來，那道玻璃門終於打開了！

　　門一打開，小狗們**傾巢而出**，大伙兒直奔到了雜貨店的正門，牠們好像想衝出去。就在牠們在考量怎樣做的時候，阿瞬趁機爬上小柴身上，並把牠騎住！

　　正當牠們冷靜了一輪，準備要衝出去的時候，一個巨大的身影慢慢出現在大門上面！這個巨大身影就是盧斯，雜貨店店主趕回來了！

　　盧斯站在雜貨店門外，抬頭望了一望，覺得很奇怪並說:「為什麼店內的燈會關了？是停了電嗎？糟糕了！」

　　盧斯心知不妙，正想衝入店內的時候，一把口哨聲從盧斯的後遠方傳過來。

　　「咻咻！！！！！！！」

　　聲音正好傳入到店內的小狗們耳朵中，特別是小柴，一聽到聲音，面容即時大吃一驚，然後立即向大門衝出去！

　　在小柴背上的阿瞬也立即捉緊牠的毛，確保自己不會被拋開去！其他小狗見到小柴要衝出，也尾隨一起衝出去！

　　小狗們**蜂擁而上**，**傾巢而出**，小柴帶領其它小狗們**大逃脫**出去！

　　盧斯看到這情況大為震驚，不知所措！他雙眼反白，看著牠們**東奔西跑**，有些走入城內，有些走向森林！

　　他最關注的小柴就跑進去森林裡！這時候盧斯走回店內，找了**一束繩子**出來，看來，他是想去把小狗們全都捉回店內！

　　盧斯拿著繩子從店內走出來，他看見了小狗八哥坐在門前，盧斯不知道為什麼**無名火起**，一巴掌打向小狗八哥的臉上，說：「是你放走了牠們的嗎？」原來盧斯誤會了是小狗八哥放走了小狗們！

　　盧斯也等不着向誰追究，拿著繩子大步向前追上，在街角一拐彎便看到一直失蹤的柏文柏武出現，而他身旁還有兩位警察。

　　盧斯先是一呆，稍一回神便準備轉身逃跑，兩位警察先發制人，其中一位一張手便把盧斯拿著繩子的手**緊緊地擒著**，另外一位則馬上擋著在盧斯面前。

　　柏文和柏武也各自站在盧斯左右兩方，一瞬間，盧斯前後左右都已經被四人包圍著，也真是**插翼難飛**，不到一分鐘響著警號的警車便駛至，盧斯將要為他的所作所為面臨法律制裁了。

第六章　尋找天蠍星羅森

盧斯被捕後，他們都趕快回到柏文柏武家中。阿瞬想盡快回到自己的星球，急不及待向**星際服務員**阿泰查詢方法。

柏文擔心地說：「利用**黑洞**去做時空隧道，有

這個可能嗎？你們莫非有這樣的科技可以做到？」

阿泰：「你好，地星人。你所說的是時空**蟲洞**，

是穿越時間的**蟲洞**，而宇宙有另一種**蟲洞**，叫作

『**量子泡沫蟲洞**』。」

宇宙拯救隊

阿泰，其實你們不可以派拯救隊來嗎？一定要用**蟲洞**嗎？

阿瞬露出一雙白眼說：「阿泰，其實，你們不可以派拯救隊來嗎？一定要用**蟲洞**嗎？」

阿泰：「可以的，現在是雙子星**冰河時期**，很多人需要服務，現在閣下的輪候號碼是 3100。」

阿瞬：「什麼？3100 號！**那何時才輪到我？**」

阿泰：「時間上我無法準確地回答你，因為我們的拯救隊已經全部出動了。大概時間為地星時間三年左右。」

阿泰：「不如說回**蟲洞**吧！其實我也不建議你等下次**蟲洞**出現的，我更建議你去找一個人。」

阿瞬：「找一個人？」

據說天蠍星羅森，在星之聖殿盜去了，傳說中的**負能量之石**。

他為了逃避宇宙警察追捕，隱居在地星上，繼續研究蟲洞計劃。

阿泰繼續說下去:「『處女星潘朵拉』曾預言,地星會在 200 年後出現**蟲洞**,所以我想天蠍星羅森是想在地星等 200 年後,驗證一下**蟲洞**的存在!」

在離這裡不遠叫地星的地方,200 年後會出現蟲洞!

處女星潘朵拉

阿瞬疑惑了一下再問:「這個與我有什麼關係呢?難道我等他完成**蟲洞**計劃,再利用蟲洞回去雙子星嗎?」

阿泰:「不是!**不是!** 我意思是如果羅森是隱藏在地星,那你找他出來,再問他借太空船就可以啦。又或者,如果他剛好完成了**蟲洞**計劃,你們也可以借助他的**蟲洞**回去雙子星啊!」

阿瞬：「原來是這樣子嗎？我怎樣才可以找到他出來呢？」

阿泰：「哈哈！　這個我就不知道了，可能要靠你們自己去找啦！你們雙子星又稱為『**幸福雙子星**』，處女星又稱為『**預知處女星**』，天蠍星又稱為『**分身天蠍星**』，他有可能分身出不同身份出來。天蠍星很喜歡飲西瓜汁的，看看這資料對你們有沒有幫助？今次服務也到此為止，如拯救隊出發來地星的話，我會再通知閣下的，謝謝使用本次服務。」隨著「嘟」一聲，通話就終止了。

就在這時候，柏文的手提電話響過來，是他的同學雄介打來的。

　　X 博士是近年比較有聲望的博士，之前他曾經發表過「全息 VR 套裝」，希望人類可以透過 VR 套裝安全在家工作、生活或上課，避開了世界性的的**災難傳染病肺炎**，人類可以在家上班工作，做運動，玩遊戲，甚至可以在家看醫生，是一項劃時代的發明！

　　今天原來是一場公開記者會，X 博士跟他的研究團隊正在發表他的新發現。電腦畫面中的 X 博士在記者會上拿出了一顆細小的石頭，而那石頭竟然可以凌空飄浮在他手掌上面。

　　Ｘ博士：「這就是我們最新的發現和研究！它並不是浮石，它是有自己的能量，一種負的能量！它發出來的負能量，可以抵銷地心吸力。」

　　現場的觀眾及記者都被眼前的景象吸引着，想不到科幻小說裏的場面，真的會出現在他們眼前。現場不停傳出驚嘆聲音，有些竊竊私語，有些專心觀望。所有人的目光都放在Ｘ博士手上的負能量之石，他自己亦一直微

這就是我們最新的發現和研究！

Ｘ博士

笑，似是在享受着現場的氣氛。

　　Ｘ博士：「沒錯！雖然它很小，但它就是傳說中的負能量物質，我稱之為『負能量之石』！」

阿瞬:「這個負能量之石可以幫我打開蟲洞，回到自已的星球呢！羅森可能都會在現場的啊。」

柏文說:「好吧！聽說 X 博士下星期會再安排一個發佈會，我明天回學校看看我們的天文學會，可不可以拿到入場券去現場觀摩。」

柏武說:「如果你拿到入場券，也帶我去啊！」

阿瞬說:「找到羅森，我就可以問他借太空船了！」

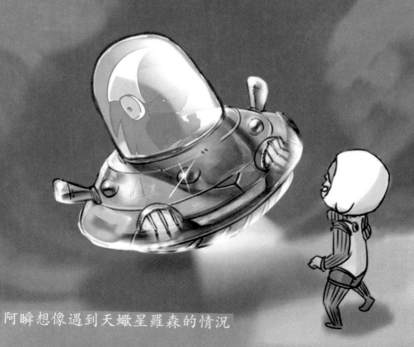

阿瞬想像遇到天蠍星羅森的情況

第二天

聖心學院

第七章　阿當與夏娃

雄介是聖心學院「STEM 天文學會」的會長而柏文是副會長，他們兩人是一對志同道合的好同窗，也是好朋友。今天柏文找雄介討論 X 博士的**負能量石**發佈會，看看有什麼方法可以去到發佈會現場觀摩。

柏文等了一個晚上，翌日回到學校，馬上急不及待地跟雄介會長說：「會長，我們有沒有機會可以出席 X 博士的發佈會啊？」

雄介：「嗯……那個發佈會好像只是現任科學家或記者才獲得邀請的啊。」

柏文：「那麼，我們跟記者學會的同學去，可以嗎？」

雄介：「其實，我昨晚已經問過記者學會的同學。他們只有兩個名額，……抱歉，**名額爆滿**了。」

　　柏文露出失望的表情：「我們**天文學會**豈非不可以出席那個發佈會……。」

　　雄介：「我也打聽過了……『**記者學會**』那邊有一個建議給我們，就是我們去找『**美術學會**』的杜雪兒。」柏文先是一愕，然後用上一個奇怪的表情再確認：「杜雪兒？」

　　雄介：「因為她是 X 博士的外甥女……可能她可以幫助我們的。」柏文知道原因後，舌頭伸了一伸，欲言又止，幾十秒後露出尷尬的表情說：

什麼？竟然是美術部的杜雪兒。

為了找X博士，柏文於是去了美術部了。

這裡就是美術部了。

你好！杜雪兒…

美術部　杜雪見

為了找 Ⅹ 博士，柏文來到了美術部，打開房間的門，然後一位掛著一頭長長秀髮的女學生正在作畫。她散發出優雅斯文的感覺，文青氣息很高，她就是「**美術部**」會長杜雪兒。雪兒跟柏文**四目交投**，本來她正在認真地作畫，但看到柏文之後，卻露出了一個煩厭表情。

雪兒：「柏文，你來這裡做什麼？」

柏文聽到雪兒不客氣的語氣，打算打完場，好讓現場氣氛緩和下來，希望她更容易接受他接下來的請求。「哈哈！ 我今次是來找你的。」柏文盡量把他的開場白說得淡淡然的。

雪兒聽完後，立即放下了手上的畫筆，慢慢由椅子下來，再用奇異的眼光打量柏文全身。

雪兒：「是什麼風吹你來的啊？竟然是來找我？」

　　雪兒開口問道：「什麼？你竟然有事要跟我來商量？你們不是建立了一個無敵的『STEM 學會』嗎？」

　　柏文摸著自己的後腦苦笑起來，並說：「哈哈，那怎可能是無敵的呢？」雪兒聽完之後禁不住冷笑起來：「哈哈哈哈，你們四個學會組合成一個『STEM 大學會』，先有你柏文的『**天文與科學學會**』，再加你弟弟有份的『**工程學會**』，再加『**電腦學會**』，和最後你有份的『**數學學會**』！

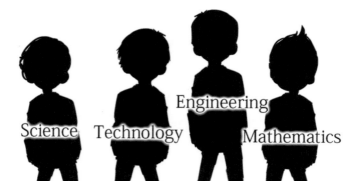

那麼大的一個學會，那麼無敵的一個學會，你竟然會有事找我們小小的『**美術學會**』商量？」

　　柏文這個時候的內心已經縮至很小很小，完全不敢反駁，只好默默承受。他就只輕輕一聲：「嗯。」雪兒又再繼續說，實在看不出她優雅斯文的外表下面，原來是有這麼剛強的一面。

　　雪兒：「哼！現在世界有很多地方，很多學術的地方也有說 STEM 四個字可以在當中加上一個『A』字。A 是 A-R-T，把『A』加上成為『STEAM』，而你們的無敵學會卻不准許我們學

會加入！但今天你們竟然有事想找我們商討？這究竟是什麼一回事？你是否承認美術也有一定程度的價值啊，對嗎？」

經過一連串連珠炮發的表達，柏文依然低著頭，低聲地說：「我今次是希望找你問 X 博士發佈會的事情，不知道妳有沒有方法可以去到發佈會呢？」

雪兒：「啊呀！原來是想找我舅舅！事實上，即使不去現場發佈會，我們直接去參觀他的研究所也行啊！」

柏文聽了後即時兩眼發光，這個答案也實在太出乎意料之外了。

柏文：「真的嗎？真的可以去他的研究所嗎？其實我想認識 X 博士很久的了。如果可以同時看一下負能量之石，就最好了！」

這時的雪兒再次四周打量，柏文的反應好像給了她一個新想法。雪兒沉思了一回，然後眼神一閃，她突然想出了一個辦法來。

雪兒：「你是『**天文與科學學會**』，同時又是『**數學學會**』的會員，被其他同學稱讚為『上知天文，下知地理』的優材生！那今次不如就由我這個美術學會會長來出一條 IQ 題。如果你答題成功，我就考慮跟叔叔說一下吧！」

柏文聽到這個提議後，彷彿看到了希望，隨即就說：「即管放馬過來！」

雪兒的 IQ 題

在一個沙灘上，有一對男女，女的穿上兩件頭的泳衣，男的就只穿上了泳褲，旁人一走過看他們，就知道他們是阿當和夏娃，為什麼呢？

　　柏文聽了一下，呆了一呆，**心想**：「什麼是**阿當，夏娃**？」

　　雪兒看著柏文一頭霧水的樣子，也忍不著說：「**嗯**，看來你的腦袋只是裝有天文和科學，其他的東西，你真的全部不會。」雪兒搖了一下頭：「**阿當**和**夏娃**是上帝用泥土製造的第一對人類。唉……柏文，看來你對宗教的認識不多啊！」

　　柏文好像突然想起來：「**啊**，原來如此！」

　　雪兒：「好吧，我現在就要走了。如果你在我離開學校時，也想不到答案，就當你輸了。**嘿**，看來公認聰明的柏文，也不外如是罷了。」

夏娃

阿當

要想個辦法
傳遞訊息才行!

拿一張四方的紙
其中一面做出
平均的摺紋

跟摺紋摺成一條粗條

拿粗條兩邊

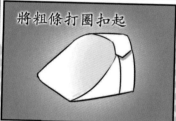

將粗條打圈扣起

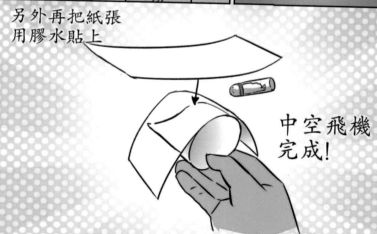

另外再把紙張
用膠水貼上

中空飛機
完成!

　　雪兒心想：「為什麼會有這樣的東西飛過來？」她從地上撿回那隻紙飛機，她把紙飛機上下左右前後都看看，最後發現了一個圖案。雪兒細心看著紙飛機上的圖案，是一個「圓圈」跟「交叉」。

　　雪兒看了後，露出一個驚訝的表情，然後望向飛機飛來的方向，原來是從美術室飛來的，而柏文也在窗前揮著手。雪兒心想：「竟然給那個科學怪人答對了！」杜雪兒向美術室窗戶方向瞄了一眼，露出一個不肖的表情，然後就再轉身離開校園。

「圓圈」跟「交叉」
是代表什麼呢？

因為按照聖經上說法阿當跟夏娃都是上帝由泥土所製造出來，而他們都不是胎生，所以理應是沒有肚臍的！

第八章　光的考驗

　　柏文回到家中，突然一架**紙飛機**飛進了房間內。

　　柏文十分**驚訝**，究竟是什麼人做的呢？誰可以將一架**紙飛機**準確地投進我房間？差不多同一時間，柏文背後傳出了一道聲音：「就是我了！」柏文馬上循聲音方向望去，發現原來柏武在他的背後。

　　柏文：「你為什麼也給我**紙飛機**了？」

　　柏武：「**哈**，是雪兒姐姐叫我這樣做的，她叫我跟你說『**你答對了**』！」柏文未有想到柏武原來跟雪兒是互相認識的，他心中慶幸自己把問題答對了，沒有在任何人面前**出醜**。

　　「我們明天一起去吧！」柏武雀躍地說著。

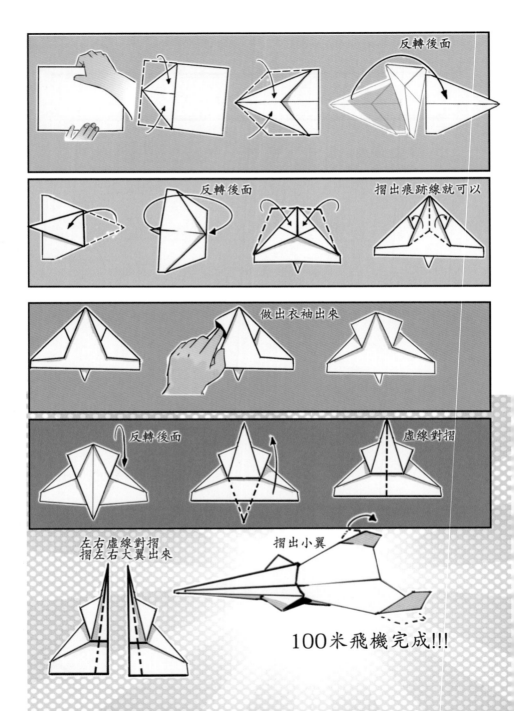

反轉後面

反轉後面　摺出痕跡線就可以

做出衣袖出來

反轉後面　虛線對摺

左右虛線對摺
摺左右大翼出來

摺出小翼

100米飛機完成!!!

　　第二天下午，雪兒遵守她的承諾，帶柏文柏武兩兄弟去找她的叔叔 X 博士。雪兒一身便服，和平時的打扮不同，感覺也未有在學校時般冷酷。柏武背上他那個塞得滿滿的斜背包。其實當中還有一位**神秘探訪者**——阿瞬，他不想露面，便選擇躲在柏武的帽子中。

他們進入了Ｘ研究所的大堂，見到了Ｘ博士。

我跟雪兒先進去，半小時後我們再出來，看看你們是否成功！

一會兒見！

她竟然可以走入去研究所！

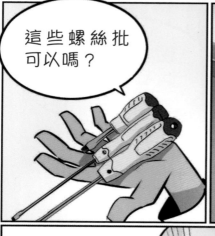

第九章　宇宙海盜

　　柏文柏武運用現場物件成功製造出了一道**彩虹**來。X博士如之前所說，30分鐘後從大堂中的其中一扇門走出來，然後向兩兄弟說：「你們兩人跟我來。」

　　柏文和柏武興奮地說：「我們終於可以參觀X研究所了！」柏文同時心想：「不過X博士好像跟之前的態度不一樣，有點冷淡，明明我們做出了**彩虹**，理應也稱讚我們一下吧。」X博士表情有點呆滯，示意他們兩個跟着他向前行，走了不到1分鐘便進入了X博士的研究室。研究室地方不大，而且有幾扇房門，好像都可以通去其他地方，眼前還有兩位正在忙碌做實驗的研究人員。X博士之後領他們到一個有鐵閘門的房間，並讓他們在房間裏面等待。

Ｘ博士再緩慢地把其中一隻手放入他白色大衣的袋中，然後，從中拿出一個舊門鎖，這個門鎖給插著一條生鏽的鎖匙。他用紙巾印了一下門鎖和鎖匙，便轉身走出鐵閘門外，並將鐵閘上鎖，接著，更隨手將鎖匙從研究室直接掉出窗外！

　　兩兄弟被Ｘ博士的舉動嚇倒，馬上大叫：「Ｘ博士，為什麼你要鎖起我們？我們不是來參觀的嗎？」

　　柏文柏武覺得很奇怪，X博士為什麼會說出這句說話呢？再仔細一看，X博士肩膀上多了一個小小的紅色頭髮外星人！莫非他就是之前一直在找的天蠍星羅森？

　　躲在柏武帽內的阿瞬聽到有人叫出「雙子星」字句，立即從帽子鑽出來，也慢慢坐到在柏武的肩膀上。

　　這刻的阿瞬慢慢站起，腰板挺直地站在柏武的肩膀上，他和X博士肩膀上的外星人四目交投起來。

阿瞬說：「這就是傳說中的『分身天蠍座』的分身術嗎？」

紅髮外星人：「我們天蠍星每個人也有一條尾巴，我的尾巴只要插入生命體中，就可以進入他們的心智，從而控制他們的思想和行動，成為我們的分身。我們就是比你們雙子星更強！」

阿瞬做了一個無奈的表情說：「你是天蠍星羅森嗎？」

紅髮外星人：「我不是羅森，我叫羅網。我是羅森的堂弟。」

阿瞬驚訝地說：「你不是羅森？羅森他在哪裡？你們有沒有太空船？」

　　羅網稍稍停了幾秒，眼睛閉上，好像在開始搜索回憶。「我們在一百年前已經來了地星，那時我們是宇宙中無人不識的宇宙海盜！　羅森想研究時光蟲洞，我幫他到『星之宮殿』，偷去負能量之石。之後我們為了逃避宇宙警察的追捕，所以逃來了地星。可惜我們的太空船的燃料用完了，太空船也壞了，我們也沒有方法回去。」羅網解釋說。

　　阿瞬慌張地說：「什麼？你們的太空船也壞了！」

　　羅網：「沒錯！我們的太空船也壞了，於是我們唯有幫助羅森研發**蟲洞**，希望可以回到我們原來的星球。但他用了一百年的時間也研究不出來！我們之後在不少意見上出現了分歧，於是，我們改變了計劃。」

阿瞬：「改變了計劃？改變了什麼計劃？」

羅網：「改變了原先回到我們**星球的計劃**，改為……改為……成為地星的主人！」柏文、柏武、阿瞬，三人聽到這個更改了的計劃，心中感到十分詫異；正確來說，這可不是一個計劃，而是陰謀呢！

柏文忍不住搶着說：「那豈不是是要侵略地球？」

羅網：「也可以這樣說，所以我跟羅森分開了！」「那你們是要怎樣侵略地球？」阿瞬搖了一下頭，再追問下去。

羅網：「很簡單！我現在先控制住✗博士，當他開發佈會時，會遇上在地星更高級的人，那我就控制他，然後再一級一級的上，直至去到你們地星最高級的階級，那我就可以控制全世界了！」現場三人聽了這個計劃呆在當場，他們實在沒法想像到原來羅網的野心這麼大，牽涉得這麼廣。

　　三人互相對望，輕聲說了句：「地球不可以落入這種人的手中！」

　　羅網繼續把他的計劃娓娓道來：「雙子星人，大家都是王道十二星座的人，這個計劃中我會放過你，但地星人就要困住在這房間內。如果你們任何

一個將我的計劃泄漏出去，我會用我的尾巴**毒液**來招呼你們！」

柏武：「什麼？他們的尾巴可以**噴出毒液**？太可怕了！」

羅網：「兄弟們，我們先去找出那個 X 博士的**負能量之石**。」實驗室的其餘兩個研究人員，好像聽到指令一樣都抬起頭，他們把手上的實驗工具放下，隨即轉身就跑進入另一房間。正當兩個研究人員開門之際，雪兒也從同一道門推門入研究室……柏文柏武想也不想就大叫了起來：「雪兒，救我們啊！」

雪兒先是一怔，這時候其中一個研究人員轉過頭來，原來他們兩個頸項後面都有一個**天蠍星人**，像樹熊搬緊抱著他們頸項。其中一個**天蠍星人**從研究人員頸項借力凌空一躍，跳到在雪兒頭部背

後附近，尾巴末端上的**毒液**馬上噴到雪兒身上，雪兒眼前一黑，她的話還未說完就昏倒在地上了。另一名頸項上同樣有**天蠍星人**的研究人員慢慢走到鐵閘外面，威嚇地向柏文柏武說：「想救你們，先過我們這關吧！你們兩個乖乖地坐在這裡吧！」他說完後便再次和另外一位走進原來的房間。

　　柏武：「對啊，但我們要怎樣才可以逃出去呢？今次 STEM 小知識也幫不了我們啊⋯⋯我們現在是被困在鐵閘內，我們要**逃獄**嗎？」

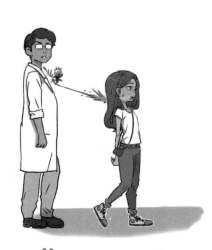

柏文：「他們好像都走了？我們要想方法逃出去，阻止他們侵略地球的計劃。」

這一刻的阿瞬再次張口：「我其實可以走到出口的。」對啊！阿瞬小小的身軀根本不受鐵柱限制，他是可以自由出入往來的。

柏文沉思了一會，他望着阿瞬，再低頭想了片刻：「我想到了一個辦法。阿瞬，你可不可以幫我們一個忙？」

柏文接著說：「你能夠幫我拿回 X 博士用來抹鎖匙的紙巾給我？」

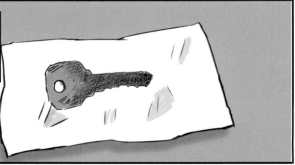

先拿到印有匙樣的紙來。

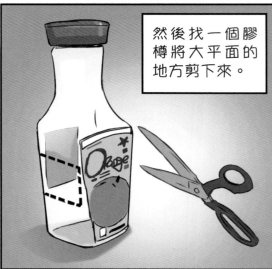

然後找一個膠樽將大平面的地方剪下來。

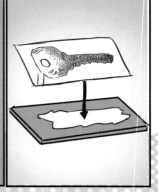

將印有匙樣的紙貼在膠片上。

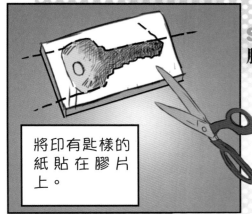

將印有匙樣的紙貼在膠片上。

STEM
膠鎖匙就大功告成了 !!!

　　阿瞬滿滿信心說：「當然可以！」他幾個急步走到紙張面前簡單一撿，再迅速遞回給柏文，柏文拿著紙說：「這個應該可以，柏武你看是否可行？」

　　柏文柏武再次利用他們對 STEM 認識，運用現場物料成功製作了一把膠鑰匙！他們終於成功逃出了 X 研究所內的小密室了！阿瞬也想不到可以用這麼簡單的材料就可以複製出一條鑰匙，而且可以讓大家**逃出險境**！

　　柏文：「阿瞬，要多謝你細小的身軀才可以幫助我們拿紙，膠樽和剪刀，這些都齊全才可以做出這個 STEM 小鎖匙。」

　　柏武的手放到柏文肩膀上：「我們快點看看雪兒的情況吧，還要想辦法制止他們侵略地球的計劃呢。」

第十章　大反擊

　　成功逃出了密室的柏文柏武，第一時間跑去看雪兒的情況。

　　阿瞬：「不用心急，讓我來。我們幸運雙子星人除了有讀心的能力，還有治療別人的能力，是善良的外星人！」阿瞬把雙手放在雪兒頭上，掌心釋放出光波，發出了吱吱的聲音，彷彿像魔術師施展魔法一樣。

　　過了數分鐘，阿瞬雙手放開，**吱吱**的聲音也停了，光波也沒有了。

　　阿瞬：「好了，她應該沒有大礙的了！她在這裡睡一回，休息一下就可以了。」

　　柏武站在旁邊也鬆了**一口氣**，感覺雪兒也是因為拯救他們而犯險的。「我們下一步要怎樣做才好呢？」柏文繼續說。

柏武咬牙切齒，雙手橫放在胸前，心裏覺得剛剛的經歷完全在**預料之外**，現在稍稍冷靜下來，也真要為下一步行動想清楚。「我們要認真討論如何對付**天蠍星人**？如何阻止他們侵略地球？」柏武喃喃說著。

「那只要將尾巴分離人類就可以令他們控制不了人類……」柏文思考了一、兩分鐘後說：「柏武，你的背包裡有什麼 STEM 的小工具可以用？」

柏武聽到柏文的說話後，打開自己的斜背包：「現在我的背包 全都是**鐵蝴蝶**，都是雪兒姐姐用在公益 活動的。」柏武一面

說，手往自己的背包搜索。「除了 50 個**鐵蝴蝶**外，還有**紙飛機**。」

　　柏文看到**鐵蝴蝶**的飛翔姿態，突然靈機一閃說：「我想到令**天蠍星人**離開人類身體的方法了！」

　　柏文：「但即使可以令他們離開人類身體，他們仍有毒液尾巴可以麻醉別人。怎樣才可以逃避他們的**毒液**？」

　　「哈哈！我有方法！……但我們需要先做一件危險的 STEM 工具。」柏武滿有信心地說。

　　他們身處的研究室，到處都是科學實驗工具，大家知道了要求後隨即在房內四處找不同的物料來做新的工具。三人同心一起動手，不到五分鐘便完成了這個新的工具。

　　柏武：「終於完成了！」

　　柏文：「好！我們今次要來個**大反擊**！出發！」

　　柏文柏武兩兄弟互相掩護在一旁，阿瞬負責把**鐵蝴蝶**放出來，他倆則把紙飛機擲出。兩個外星人混亂間被擊下。「太好了，我們將兩名**天蠍星人**擊落了！但是我們找不到Ｘ博士身上羅網的位置，怎麼辦？」柏文說出他的疑慮。

　　隨著兩個天蠍星人給**擊倒**，被他們依附著的兩名研究人員全身一軟，隨即昏迷倒在地上去。兩名**天蠍星人**也跌倒地上，這時仍然給**天蠍星人**羅網控制著的Ｘ博士彎下身，用兩手扶他們兩人起來。

我還有這個
麻醉毒液！

我也有這
個盾牌！

用這個紙盾牌
來擋，我放更
多毒液來毀滅
它！！

　　X博士手上的兩個天蠍星人一個像受到柏武的武器電擊倒，另一個見狀，也馬上跳起準備出擊突襲。他的尾巴再次噴出**毒液**水柱！「我今次要將你們一併打倒！」外星人**大聲**喝著。

　　柏文對自己手上武器滿有信心，雙手一握，把紙**盾牌**再牢牢握實：「柏武，再來一次！」「好的！」柏武緊接著說。

　　外星人同一時間感到全身像被**電擊一樣**，大叫一聲，便跌倒在地上。一個本來想麻醉人的外星人，如今自己卻被麻醉了。

為什麼會這樣子的!!

STEM 電盾的原理

紙盾前面裝了一塊鐵板，鐵板連接了電源，所以它表面充滿了電。

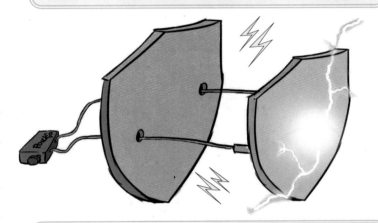

當別人用水接觸鐵板時電流就會經過水柱接觸到身體，那就會觸電了。

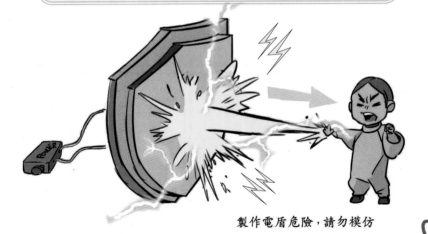

製作電盾危險，請勿模仿

發生了什麼
事?!

糟糕了!
我被捉住了!

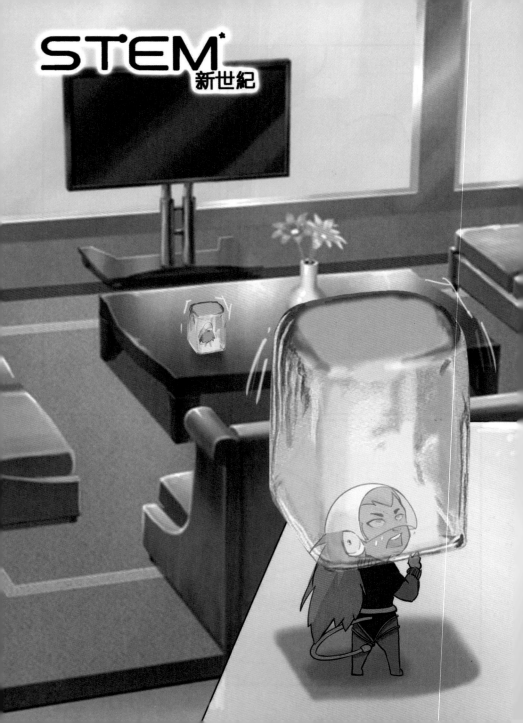

第十一章　吃西瓜的人

Ｘ博士頸項上的**天蠍星人**羅網跳離了Ｘ博士身體，Ｘ博士眼睛馬上由**紅色**變成了**藍色**，也代表了他的心智回復了。Ｘ博士雙眼一睜，便看到眼前的**天蠍星人**羅網，他二話不說便捉住了他，同時，用身旁的一個玻璃杯將羅網罩起。

Ｘ博士：「究竟發生了什麼事？我好像剛剛昏迷了一段時間！」玻璃杯內的羅網同樣感到詫異：「這個人類脫離了我的操縱後，竟然可以不昏倒，還可以清醒過來？」

柏文柏武見到現場環境都已經受到控制，跑到Ｘ博士前面，問道：「Ｘ博士，你沒事吧？」

「我沒有事。不過我剛昏迷的時候好像去了另一個星球，我想，應該是那小外星人的星球吧。看來，我也進入了小外星人的思想內。」Ｘ

博士閉上眼睛，深呼吸幾口氣，眉頭也皺上了好幾次，然後慢慢道出四個字：「我知道了。」

其實一般人被**天蠍星人**入侵後，只會有天蠍星人偷竊人類思想，人類是看不到天蠍星人思想的；但聰明的 X 博士思想比一般人強，所以不單他在拔尾巴後沒有昏倒，而且，同時反偷竊了天蠍星人的思想呢。

　　Ｘ博士：「**天蠍星人**，其實你們去做宇宙海盜，或想侵佔地球，其實都只是想要我手上的**西瓜**吧！ 我有個朋友是開**西瓜農場**的，那不如我提供西瓜給你們，你們放棄侵略地球好嗎？」

　　「什麼？他們想侵略地球，原來只是為了**西瓜**？」柏文實在感到啼笑皆非，但眼前的**Ｘ博士**和**天蠍星人**卻十分認真地討論著。看來大家身邊經常見到的「**西瓜**」，真的起到關鍵作用。

「那農場有多大？有多少**西瓜**？」羅網認真地追問。看來**✕博士**的想法沒錯，柏文柏武站在旁邊頓時也覺得輕鬆起來。

　　✕博士：「放心吧，你們那麼細小，農場有你們一生也食不完的**西瓜**呢！」

　　「有那麼多**西瓜**嗎？侵略地球的計劃可以取消了！」羅網毫無顧慮地說。

侵略地球的計劃可以取消了!!

　　「地球的危機解決了！」柏文和柏武互相擊掌歡呼。阿瞬也在旁笑起來。這是他在地星的一個難忘經歷。

就這樣子，解決了地球的危機了。

即使事情告一段落，阿瞬也希望知道天蠍星羅森的所在地，因為他知道即使天蠍星人已經沒有了太空船，也希望看見**蟲洞**的研究成果，而且，**蟲洞**都可以讓他們一起回去！

羅網，你知不知道羅森現在在那裡？

真正的位置，我並不知道，但他有說過，只要去一個沒有直路的地鐵站找他就可以的了！

什麼？一個沒有直路的地鐵站！

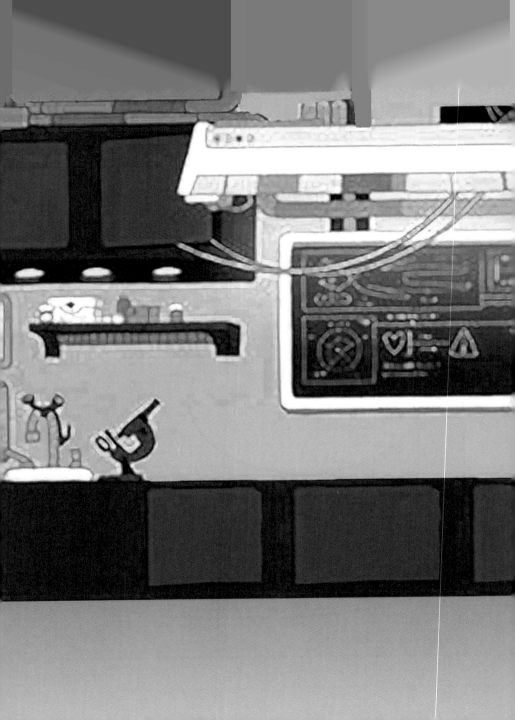

下期預告：尋找天蠍星羅森

愛因斯坦 (Albert Einstein)

人人都說愛因斯坦是個天才，他的童年生平你又知道嗎？

$$E=MC^2$$

愛因斯坦（Albert Einstein）於 1879 年 3 月 14 日出生於德國。父親是一名商人，母親是一位家庭主婦，可以說是當年典型的中產家庭。

他們一家在愛因斯坦一歲時遷往德國慕尼黑，並與一位親戚在當地經營一間電器公司，專門設計與製造電器。

愛因斯坦 3 歲相片
圖片來源 http://www.factslides.com/s-Einstein

愛因斯坦（Albert Einstein）小時候學習說話的速度比同齡小朋友緩慢，他 2 歲之後才學會使用單詞，並且有一種奇怪習慣，就是每當說話前都會先小聲的對自己說幾遍，直至覺得滿意才會大聲說出來。他 4、5 歲時一次生病，父親送了他一個指南針，他深深地被當中的磁針反應吸引著，這亦成為他以後對物理學產生濃厚興趣的原因之一。

　　愛因斯坦的學生生涯一點都不如意，少年的他不太說話，小學成績差，而且很討厭上學，就算上課也魂遊太虛，偶然還和老師爭執，最後更因此而被開除學籍。但他沒有因為不上學，而減少學習知識的機會。他喜歡閱讀各樣的數學、物理、化學甚至乎哲學的課外書籍。他 13 歲已經開始鑽研大學的課本，16 歲時更撰寫了他的第一篇物理論文，標題為《論在磁場裏乙太狀態的研究》，他一年後破格獲准 進入蘇黎世聯邦理工學院。

年輕時的愛因斯坦

愛因斯坦於 1900 年畢業，他利用業餘時間開展科學研究，到 1908 年已被公認為物理學領域的頂尖學者，

並在 1915 年發表了廣為人知的「廣義相對論」。

　　而這理論由英國天文學家在 1919 年的一場日食觀測結果而得到證實。全世界不同新聞媒體都以頭版報導這驚人觀測結果，愛因斯坦因此成為家傳戶曉的物理學者。

NEW THEORY REVEALED

PRINCETON, N. J. — (AP) — White-haired Prof. Albert Einstein said Sunday that his new

Washington Plans 'Boston Tea Party'

WASHINGTON — (UP) — The "Voteless Americans of Washington" will send each member of Congress a tea bag Monday to point up their campaign for home rule.

Attached to the bags is a message comparing the present situation in the District of Columbia with that in the colonies at the time of the Boston Tea Party.

Home rule backers said the last day for filing income taxes is an appropriate time to renew their complaint against "taxation without representation."

theory, designed to explain everything from single atoms to the universe, is mathematically correct.

But, he added, "I have not been able to find out if there are any physical truths in it."

Neither has he been able to determine whether "it is true in the ordinary sense of the word."

The scientist, 74 years old Saturday, discussed his new theory at a news conference in connection with the announcement that a college under Jewish auspices has been named the Albert Einstein College of Medicine.

The new college, part of Yeshiva University, is to be built in New York City in the Bronx. The college, to cost 10 million dollars, will be part of the first unit of a 20-million-dollar medical center.

Einstein was formally notified of his new home at a luncheon at Princeton University, attended by community leaders from 20 cities.

He was presented with a model of the medical college by New

people of the world, has worked out a new unified field theory which would, in mathematical equations, explain all physical laws—from what goes on in the secrecy inside atoms to the mystery of limitless space and all the stars.

It seeks to tie together in one equation all the truths and forces of gravitation, magnetism and electricity.

He said he has "finished the work on the structures of the equations, but I have not been able to find out if there are any physical truths in it."

Einstein's theory of relativity, created when he was a young man, based this same difficulty on physical demonstration of proofs.

Such proofs have been found. One was confirming his prediction, mathematically, that gravity bends starlight.

rtment Employe Finds

新聞報導

EINSTEIN ATTACKS QUANTUM THEORY

Scientist and Two Colleagues Find It Is Not 'Complete' Even Though 'Correct.'

SEE FULLER ONE POSSIBLE

Believe a Whole Description of 'the Physical Reality' Can Be Provided Eventually.

第一頁相對論

愛因斯坦在 1940 年定居美國，因當時德國出現了一位「歧視猶太人」的希特拉總理。在第二次世界大戰前夕，他寫信給當時的美國總統富蘭克林·羅

斯福，信中提到德國在發展具破壞力的炸彈，因此建議美國也盡早進行相關研究，當時政府因此開啟了「曼哈頓計劃」。

三位一體核爆試驗

愛因斯坦之後感到後悔，覺得運用核分裂技術於武器用途的想法對世界太危險，後來他與英國哲學家伯特蘭·羅素共同簽署《羅素—愛因斯坦宣言》，強調核武器的危險性。1955 年 4 月 13 日，

愛因斯坦因為腹主動脈瘤破裂引致內出血，並不幸於 5 日後離世，享年 76 歲。

圖片來源
https://kknews.cc/history/5ae2b22.html
https://zhuanlan.zhihu.com/p/19817204?from_voters_page=true

愛因斯坦是 20 世紀最重要的科學家之一，一生總共發表了 300 多篇科學論文和 150 篇非科學作品，所以有「現代物理學之父」之譽。他卓越成就使得「愛因斯坦」一詞成為「天才」的同義詞。

愛因斯坦相片
圖片來源 https://www.soniceditions.com/image/albert-einstein-1949

STEM Sir

話你知……

對於書中的幾個 **STEM** 實驗，你是否都有興趣嘗試呢？那就讓 **STEM Sir** 示範給大家看。

記得做每個實驗之前，都要先跟家中的 **成年人** 打個招呼，使用任何利器之前最好都有他們在你身旁指導。

開始去片！ ▶ ▶

STEM 飲水機

飲水機在大家身邊應該見過不少，有沒有想過自己也可以做一個呢？

我們齊齊來看這段短片，看看做一個寵物飲水機有多簡單。要留意實驗當中因為會用上刀，所以記得和身邊的成年人一起嘗試啊！

相關頁數 P.17

第二天早上小外星人坐起來擦擦眼睛，他看看四周後，發現自己在人類的家中，然後再撲撲自己說：

我好像得救了！

小外星人看看身邊的環境，他發現了一個有趣的東西說：「什麼？這是飲水器？是為我而設的嗎？」

「莫非是昨晚那個地球人為我做的？」

STEM 吸塵器

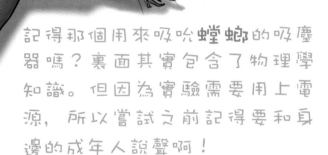

記得那個用來吸吮**螳螂**的吸塵器嗎？裏面其實包含了物理學知識。但因為實驗需要用上電源，所以嘗試之前記得要和身邊的成年人說聲啊！

相關頁數 P.26

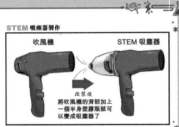

STEM 吸塵器製作

吹風機 ➡ STEM 吸塵器

改裝後
將吹風機的背部加上一個半身塑膠瓶就可以變成吸塵器了

「我現在要儘快找回我的太空船才行！」阿瞬這時候心想。「但是我要怎樣才可以用最快的方法走到大屋下層呢？」

這時候，阿瞬四處張望，他發現此處四周也是STEM 的工具，突然靈機一動。

「不如我也做一個 STEM 工具令我可以快速去到大屋下層吧！」。然後，阿瞬一個跳步，走到去放工具物料的位置。

-27-

STEM 降落傘

香港坐**降落傘**的機會幾乎零，但在外國地方卻有不少。降落傘需要在平坦的土地，不經常刮大風的地方才適合。儘管如此，大家可以做一個小型的，從中理解當中的理論，說不定有一天你們也會碰上阿瞬呢！

阿瞬就這樣坐著 STEM 降落傘，從屋的窗台飛出去，降落在外面的草地上了！

相關頁數 P.29

STEM 100 米紙飛機

柏文給雪兒的 **紙飛機** 飛得
這麼遠,有什麼
方法?

紙飛機 應該都懂
得摺吧,其實當中包
含了物理上的空氣動
力學,而要使 **紙飛機**
飛得遠,摺和擲兩個動作都需要一定技巧, **紙飛機** 背後的原理真毫不簡單。

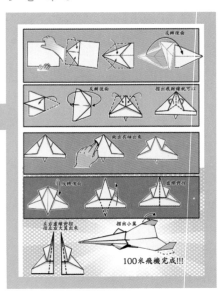

相關頁數 P.116

STEM 室內彩虹

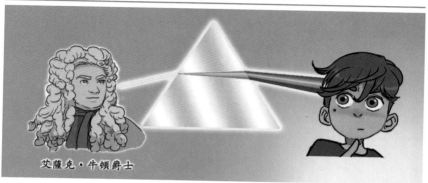

艾薩克・牛頓爵士

室外的**彩虹**偶然下雨天後可以見到，室內的又可以怎樣才見到呢？Ｘ博士的考驗，柏文柏武成功過關了，你也想嘗試做一個嗎？其實當中包含了不少原理，大家齊來看看 STEM Sir 的解說。

只要將鏡插入去水盤中，那就可以做出三稜鏡的效果！

創造彩虹大成功!!

相關頁數 P.125

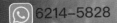

作者：波比人

封面美術：波比人

內文排版：輝·棉

STEM內容顧問：鄧文瀚 先生(STEM Sir)

編輯：梓牽

出版：童閱國度 / 今日出版有限公司

地址：香港 柴灣 康民街2號 康民工業中心1408室

Facebook 關鍵字：童閱國度

發行：泛華發行代理有限公司

地址：香港 新界 將軍澳工業村 駿昌街7號2樓

電話：(852) 2798 2220

網址：www.gccd.com.hk

出版日期：2020 年12月

印刷：大一數碼印刷有限公司

電郵：sales@elite.com.hk

圖書分類：兒童讀物 / 繪本

初版日期：2020年12月

I S B N：978-988-74364-2-3

定價：港幣 75 元 / 新台幣350元

編輯及出版社已盡力確保所刊載的資料及數據正確無誤，
資料及數據僅供參考用途。

如有缺頁或破損請 whatsapp 6214-5828查詢。